人形浄瑠璃

音和正隆　歌集

鉱脈社

目次

歌集　人形浄瑠璃

題字　長谷川正純
装画　曽我部善弘

歌集　人形浄瑠璃

一、母ありて（「短歌研究」[注・]）

生涯を今し終へたる母ありてメリケン波止場明るみはじむ
（神戸）

虚弱なる我を懸命に育める垂乳根の母は小さき壺中に

悲しみの四十番と世に謂ふも終楽章は歓び溢る

ことばには告げ得ぬ想ひ第六番チャイコフスキー毒呷れりと

女王の傲岸さまで描ききる宮廷画家ゴヤの冷徹なる眼
（プラド）

ウィーンにて観たる「王女」は装ひも換へてプラドにもありお見合い用に

妖しきまで己が命を凝視せるシエーレ二十八終の自画像
（ウィーン）

終戦後失意の中に逝ける父祥月せめて豪華な花を

日日の糧得べく夜通しバイト朝餉も摂らでノートを執れり

黄昏の光に背き行く鳥は未だ巣立てぬ雛あるゆゑか

かの鳥の住み処は何処暮れなずむ空の彼方へ遠ざかり行く

車椅子自ら食べ得ぬ妻の傍　匙もて運ぶ夫羨まし

満タンにせる薬剤五リッター間もなく八十路に肩に応ふる

復元の成れる絵巻を直に見んと徳川美術館も日程に入る

本意なく改姓したる学友が誇らしく旧姓名乗る八月

朝ごと「撃ちてし止まむ」説ける師が教科書墨塗り指示して回る

「終戦」てふ奇妙な造語生れし国　今なほ建国記念日残る

ト短調第四十番ワルターの至芸窮まれる第一楽章

ロックンを楽しむ気分にて詠める端よりケイタイに託す若きら

大方は自己満足のモノローグ同人歌集ムラのみ通ず

国つ神座すてふ峰高千穂は紺碧の空を鋭く限る

山靴の踵の少し減りたれど踝に合ひ歩み捗る

沸き出づる湯にユッタリと四肢伸ばす霧島の宿

洲てふ字「広漢和」にて調ぶれば「静か。穏やか。おとなし」とあり

新学期国字紹介より始む　峠や躾己が姓も

啼きやまぬ仔犬をくるみ寒空にミルク与へて十五年経ぬ

黄昏の地蔵に向かひ何事か訴ふるがに座り居しチャロ

刻々と冷え行く汝をかき抱き呼ばひ続けり甦れよと

抛りたる餌をと遠くよりおずおずとつつき居たるが今は手元に

水瘦せて干潟露はな池の面に留まる鴨への餌つけが慣ひに

引揚者と苛められたる学び舎も少子化著《しる》く廃校といふ

ジベルニー、モネ住まひたる一室は所狭きまで浮世絵貼らる（パリ）

失明後手探り彫れるトルソーもケースに収まるオルセーのドガ

辺境のクレラーミュラー美術館ゴッホ模写せる浮世絵もあり
（オランダ）

母艶れ高校半ばに止めし娘は数年経ずして夜の勤めに

大和尚来ませる入り江坊津は往時の賑ひ偲ぶべくもなし

鄙びたる民宿なれど鑑真の縁思へば不平託さず

水涸れし渓の奥処の藪の中梁も露はに廃屋の見ゆ

閉ざしたる破れ戸の外に放られし錆びたる湯船青黒き釜

収穫期迎へし野菜ことごとく灰に覆はる早春の風

初夏ごとに登り愛でたる新燃のミヤマキリシマ厚灰に埋もる

夫の収入託つことなく五十年せめて小さき旅を贈らな

フルムーンには勿体なきほど豪華さよトワイライトの食堂車の夕餉

湿原の一点白きを訝しみ瞳凝らせば野生の丹頂
（北海道）

喜寿祝ひ集へる子・孫に謝辞述ぶる妻の瞳のいつか潤み来

お互いが援け合ひつつ生きゆかむ後期高齢迎へし夫婦

「カアチャンを探しにそこまで行っただけ」妻を亡くして三年経つに

入り口に錠を鎖されし離れ部屋妻を呼ぶ声終日姦し

台風に橋を流され駅前の叔母を訪れ宿りを乞へり

初に見る二つのまろきふくらみを狼狽へつつもしばし見惚けり

注・「短歌研究」――歌誌。短歌研究社刊。
選者、永田和宏、馬場あき子、高野公彦、
佐々木幸綱四氏が、三ヶ月交替で選に当たる。

二、蘇る音

（「短歌研究」）

今やもはや聴く能はずと知りつつもＣＤ売場のジャケットを眺む

外見は常人と変はらぬ難聴に返事もしない横着な奴と

一度は仲間に交じれる通し鴨わが呼ぶ声に群れより離る

資源ゴミに出せる中には乏しき日月賦にて求めし全集もあり

若きころ教材に求めし専門書捨つると決むるも未だ迷へり

温めしディスク全て手放せど眼閉ずれば蘇る音

図書館に「レコード聴く集い」あり捨つるよりはとそっくり寄贈す

自宅にて躓ける友上半身にヒビ入りコルセット姿にて臥す

自分史を出して半年経る友は輪禍に遭ひて意識戻らず

国指定人形浄瑠璃　春公演　黒子中十余人皆小学生

江戸以来父子相伝の浄瑠璃を地元の五、六年生特訓受くと

老いの語る浄瑠璃「文弥節」に呼吸合はせ操る黒子ら子供と思へず

景清を囲む敵を斬るごとに黒子も一人併はせ倒るる

演じ了へてカーテンコールにならび居る黒子らの素顔まだあどけなし

（以上五首、準特選）

「おれはよい従業員の生活を」マイクに向かふ船主も被災者

肋骨の浮き出し牛はあてどなく彷徨へる末斃れしならむ

首都圏で大量消費の電力をなぜ遠き僻地に
（東北震災）

コルドバの丘を越ゆれば目路の限り続ける黄金向日葵畑

バルセロナ若き日ピカソの住めるといふ路地の美術館幼少の絵も
（スペイン）

前日の雨に大潮重なりてズボンの裾上ぐベネチュア広場
（ベニス）

真黄きチューブを直に叩きつけしゴッホの向日葵息呑み佇む
（オランダ）

痺るほど冷たき湧き水武家屋敷父祖の住みたる跡はさら地に（島原）

大浦の天主堂日本人の手に成ると初めて知れる孫の驚き

頼まれし仲人八組生れし娘が嫁ぎて孫と共に訪なふ

縮緬のごとき皺ある檀紙給《た》びたる紙に書き初めをせむ

六千の本の重みに耐えずしてスチール棚の床に穴開く

碧よりもなほ緑濃き水映すヒマラヤ杉は里山の主

新聞で真先に見る死亡欄今日は知るべの葬儀なきかと

霊安室地下一階の出口にて若きが二人母を引き取る

珍しく晴天続ける卯月初め鴨らやうやく北へ飛び発つ

ふるさとを指して発てる鴨の群リーダーは皆が揃ふを空にて待てり

遅れたる一羽を待ちて池の上に舞ひ居る鴨はくの字になれり

同胞は北に発てるも一羽のみ残れる鴨は病みてあらむか

予期せざる台風襲へる日本海嵐を鴨ら何処へ避くるや
（以上五首、準特選）

関連のポストに就ける三十路半ば思ひもよらぬ途中失聴

辛うじて聞こえし右も昂じきて応答も専ら筆談となる

この米が運動会のおにぎりになる日を夢み汗流す子ら

軽トラの漸く通れる傍道を九州ゆ来れりと自ら案内す

高名な匠は独り山腹に窯を造りて土捏ねゐると

（多治見）

仰仰しく花壇と名づくる露地なくて大きめのプランター五つ購ふ

黄と赤のいづれを描かむわが植ゑし姫百合を前にしばし佇む

午前五時風出ぬうち撒き了へむと生垣用のスミソン剤溶く

わが蒔けるレタス三寸ほどに伸び知るべに分けむとポット用意す

梅雨の合間湿れる土を幸いと雑草を抜く爽やかな朝

（以上五首、準特選）

三、マイスキーのチェロ

（「短歌研究」）

われもまた自転車漕ぎて伴走す新任教師たる五十年前

健全な走者たりしが三キロ余　脳溢血で倒れたりといふ

山茶花の散りたる後に蠟梅のほのかな香り如月半ば

傘寿記念植木市より求め来し芍薬一株五寸ほどに伸ぶ

十年前わざわざ上京聴けるチェロ　マイスキーの音色　今なほ耳朶に

米軍の浮遊機雷に怯えつつ博多に着きて六十八年

リュック一つ辿り着きたる南九州族も散りて頼る人なし

敗戦のショックのあまり臥せがちの父に代はりて甘藷畑へ

ここ数年罹れる難聴嵩じきて八十路の今は殆ど筆談

心臓の精密検査を了へし医師弁の取替へ強く勧めり

このままに放っておかば脳出血　手術をすれば五年は保つ

四百の中隊六名生き残りガ島より叔父の還れる霜月

ガ島より友に縋りて還り来し叔父はかたくなに人を避けたり

泥水に浸り神田に晒されし「桜桃」初版本忌日に出だす

成人になりても女人恐怖症たとへ親にも言へざること

両親の留守の夜吾を寝かさむとカシネは床に入り来て抱く

午後十時新宿駅の山手線ホームは疲れたる顔にて溢る

若きころ古典をあやふやものにせる民衆短歌が主流となりぬ

歳末の慌しき中　先方の顔思い出し賀状に添へ書き

枝先に温州刺せば潜み居る番の目白啄み始む

いとほしくなるほど長く乗り継ぐも痛み酷くて廃車と決むる

弥生十日冷たき水もて墓磨く今日母の祥月なれば

己が背をはみ出す赤きランドセル傍らの母も今日は晴れ着

背の順に並びて歩む新入生　親らは数歩遅れて従ふ

弥生には咲けるイチハツの終れる卯月の末にアヤメ開けり

去年の秋絡める枝を切り詰めしモッコウバラの蕾つけたり

クレマチス薄青色のやはらかき花弁開けり五月の朝

消費税上がれる今年　花苗を減らし余れるプランターしまふ
（以上四首、佳作一位）

新幹線「のぞみ」の乗客大半は時間を急ぐ勤め人らし

七時には風吹き始むそれまでに撒布終へねば葉に浸み込まず

特奨とバイトのみにて繋ぎたる卒業証書を父の墓前に

中腹の開田高原を褒めし人五十年経たる今は何処に
（御嶽山）

誘はれてもし行かなしものならば同じ小屋に寝なましものを

月に二度宿直てふものありし頃　新卒集ひて真夜《まよ》まで語る

春夏の休み他より長ければ趣味生かせると選べる教師

今日もまた放課後延々の会議あり明日の教材は自宅にて作る

そを待ちてヒヨ飛び来たり只管に蜜を啄ばむ目白を追へり

裏の藪あらかた伐られ初春の笹鳴き鶯聞こえずなりぬ

晩霜の恐れとテレビの伝ふれど超早場米の田植え酣

白梅の常より多く咲きたるは寒肥多めに施せるゆえか

精検の結果を告ぐといふ看護師の言に動悸高まる

ボーエン病皮膚癌の一種おとなしき性質なれば日帰りの手術可能と

九十万弾みて新しき補聴器に換ふるも効き目変らず

先生に引率されて児童らは二キロ離れし学校田に向かふ

曲がらぬやう直線に引かれし紐に沿ひ苗持つ子等は田の中に入る

植ゑ方を教ふる大人三、四人子らの間に適宜間を置く

むづかしき手術を了へて戻り来しベッドゆ昴の瞬くを見る

波に一度浸りてみたし馬籠宿の娘は羞じらひ語る

初めての子を胎内に宿せる新婚の妻も汚泥に流さる

昨日まで少年の使へるグローブは泥にまみれて形見となれり

（広島）

難聴は加齢とともにひどくなる八十過ぎて医師のいふこと実感す

生まるると母に体をすり寄せて翌日注射を打たれし仔牛のありき

口蹄疫より五年経て親子共々埋められし小高き丘に夏草繁る

四、バーツラフ広場

（「短歌研究」。本章全編『茫たりき』所収）

「左舷二百、機雷発見!」甲板に戦き聞けり　少年我は

触雷の波に呑まれし後続の友　今在らば汝も古稀なるを
（対馬海峡）

静まれる池の汀に鴨の群れ　頭寄せ合ふ朝靄の中

海馬てふ器官は年毎に縮むらし忘るることのとみに増えたり

ゆったりと時の流るる国に住む友の便りを羨しと読みつ

池の面をしばし滑りてふうわりと春浅き空へ鴨らは発てり

飛鳥路の青田の畔を乙女らは裾かへしつつサイクリングす

抵抗の焼身の跡今もなほ花束絶えずバーツラフ広場
（プラハ）

「モルダウ」の源流といふ清き渓　白樺林を縫ひて流るる

石造りの重厚さ望むべくもなし今様ビルの競ふベルリン

爆撃の染みあと黒きを集め再建教会の壁斑に鎮む

霧島の火口ゆ見れば父祖の地の雲仙岳は指呼の間にあり

テロに挑む大義の戦　日にけにも難民生るる青き惑星

森陰の三角兵舎の灯を絞り方程式を学べる我ら

語らねば戦の陰に潰え去る学徒動員の忌まはしき日々

お漏らしを始めたるらし紙オムツ購ふべきか我が家の犬にも

見納めに池を巡れり余命四日と宣告されし汝を抱きて

在りし日々遅れながらも付きて来し犬の遺影と池畔を巡る

麓まではは通へるバスもなくなりて三十年ぶりの限界集落

何時の日か吾もああなるコンビニに惣菜購ふ八十路の老人

山裾の水門開かれ　たうたうと流るる水の田の代に満つ

盆前に穫りいるといふ早場米　卯月初めの苗そよぎをり

不揃ひの石積み重ね築かるる千枚棚田は蓮華の盛り
（日南）

大自然に果敢に挑める鑿の跡　素掘りの岩に著く刻まる
（ユングフラウトンネル）

随道を出づれば眼眩む白き帯アレッチュ氷河ここに始まる

アイガーの『白き蜘蛛』望むグリンベルト新田次郎ここに眠れる
（スイス）

生誕も没後もウィーンにて迎ふ十五年ぶりのモーツアルトイヤー

楽聖を慕ひ奏づるラクリモザ　シュテファン堂宇の静寂の裡に

モーツアルト眠れる墓地の並木道黄金に染めて陽の沈みゆく
（ウィーン）

十年かけ漸く成れる「わが祖国」そを自ら聴き得ぬ聾に

狂ひたるまま身まかりしスメタナの墓碑は天を衝くオベリスク

初夏の稚き緑の奥津城に狂へるスメタナ安らぎ眠る
（プラハ）

呼吸せぬ吾を生かさむと父母は交々抱き合ひ暖め合へり

花吹雪浴びつつ歩む流鏑馬の武者に凛凛しき少年も見ゆ

甲高きアルトの矢声訝しみ　駆けくる見れば女武者なり

ンヨーと矢声もろとも若武者は馬上に反りて鏑矢放つ
（宮崎神宮）

生涯に亘り一日四度注射　そが練習に入院せる孫

万人に一人てふⅠ型糖尿病まさか孫がそれに　罹るとは

薄明の行く手に近づく松の碧　あれが祖国と抱き合ひ泣けり

「牛乳を注ぐ女」のフェルメール静謐なる暮らしありし日想う
（オランダ）

マンションは大邸宅の謂なるが日本のそれは集合住宅

階上の子供の足音うるさしと訴訟の絶えぬ日本のマンション

豪邸とは程遠き名の「レジデンス」つましき庶民の三ＬＤＫ

夕立に戸惑ふ我らを手招きし車庫指させりトレドの老女

五、郡上八幡

（『茫たりき』以後、宮崎日日新聞）

若きらは学び了ふるも帰り来ず高齢者著き団地となれり

球根を植うる節くれだてる指晩秋の空に土を篩へり

竜の髭を覆ひ隈なくはびこれるツメクサの根を探りては捨つ

新しきウオークシューズの紐結び歩み始めん新緑の道

関所跡の銀杏　峠の往き交ひをつぶさに見来て八百年経ぬ
（高岡、去川）

真夏でも冷たき水の沸き出でて絶ゆることなき郡上八幡

教へ子の同窓名簿に没と記す還暦前はこれにて四名

ボランティアの炊き出しに並ぶ離職者の靴のみ映る宵の映像

伸ばされてややボヤけたる在りし日の面影等身大に犬小屋に座す

百歳を迎へしばかりの叔母逝きて血の繋がれる身内今朝絶ゆ

春のやや荒き風避くるがに鴨ら羽がひて汀に集ふ

総体の入場行進一斉に挙手する乙女ら溢るる青春

梅雨晴れの朝　歌生るるつややかに生み落とされし卵のごとく

エスカレーター昇りてをれば逢ふ事の絶えて久しき君とすれ交ふ

グラマンの掃射弾くる傍らを生き延びて六十五年めの夏

フムフムと頷きをれば機嫌よき妻の話題の半ばは聞こえず

五指に余るほど多様なネーミング缶ビール何を選ぶか戸惑ふ

つたなくも手書きの年賀状　アメリカの友今読みをらむ

初詣で　若き娘と行き交ひぬ会釈したるは教へ子ならむ

入り端に丹塗りの船の舫へるは遣唐使船模したるといふ

山中湖、忍野八海、富士五合　金婚我等を寿ぐ子らと

野球てふ語の生みの親子規もまた快挙を泉下のテレビに見をらむ

浴槽の面の見えざるほどの柚子　今宵は冬至ゆったり浸る

殻付の牡蠣を肴に八組の喜寿ども集ひ炭火を囲む

浪荒き春一番を避くるがに　鴨ら木陰に密と寄り添ふ

十四年欠かさず通ひし音楽祭難聴嵩じて今年は諦む

教員の志望者十四倍超といふ心労の余りの休職者絶えぬに

紙上にはなじみなき人の斬新な詠みぶり羨ましく清し

行き付けの医師も匙投げて我との問答筆談に変ふ

訃報に接し舞台ゆ帰れる長男は会葬謝礼を「千の風」にて締む

わがものとなれる仔牛　青年は力み顔にて鼻輪を執れり

インフルに冒されし鶴も出水まではと気力絞りて飛びたるならむ

収穫期迎へし野菜　火山厚灰に覆はる風下の村

早期米植うる代掻き始まれり気温三度の弥生の朝

「何よりも従業員の生活を」被災の船主語気を強めり

満開の桜の下を走り来る流鏑馬武者にピントを合はす

日除けにと二株求めしゴーヤ苗穂先の蔓が網戸に絡む

このところ転びて怪我の友多し人事ならず間もなく傘寿

便箋によくも書きたり四十枚教へ子よりの自筆近況

綿か毛かはたアクリルか分からずに器機に入れたるセーター縮めり

財布より出て行く金子若き日は結婚祝ひに今は悔やみに

マラソンを完走せる選手の幾人か　コースに向かひ目礼をせり

昼詠める歌の三句目　就寝後午後十一時書き改むる

モッコウ薔薇のほころべり写真に添へて礼状贈る

水嵩の増せる池の辺にヒマラヤ杉は水中より伸ぶ

木犀の梢は日ごとベージュ色の新芽弥生も了る

あどけなさ残る下校の一年生　黄色き旗持つ老いに従ふ

市民歌会　過分なお褒めを戴ける長田先生の御冥福祈る

認知症重く施設に在る夫は妻亡くなりたるも知らず

休肝日週に二度と決めし日より飲まざる宵は口元寂びし

『とる』といふ一つの漢字がさまざまに読みと意味もつ日本語の妙

神無月一日の朝　戸を繰れば木犀の香も部屋に入り来る

本当は禁酒日なれど祝い事あるを幸ひ酒席に侍る

折れぬやう支柱に結はえしグラジオラス台風外れて真っ直ぐ赤し

日除けにと求めしゴーヤ簾覆ひ予期せざる実の十五も生れり

似て非なるポンカン挿せば温州と違ひ知りてか目白は寄らず

ここ三人かしこに三四人同窓会　かつてのクラブ仲間が集ふ

来年より訪れ囀る鶯を聞くも能はじマンション建ちて

駆虫剤残りを捨つるは勿体なしと隣家の低き生垣に撒く

掩蓋壕　弾痕の跡そのままに七十年経て耕耘機入る
（旧赤江飛行場）

不整脈、心筋梗塞　歌よりもそちらが大事と医師は宣まふ

十余年スケッチのまま溜め置きしトレドの街を油彩に移す

老衰死といふ字を見て驚きぬオレと同じ八十半ば

皆人は節くれだつと笑へどもこの指こそがわれを生かせり

定規もて引きたるごとき高速道　街を離れて直線に延ぶ

六、市民歌会（その他コンクールなどの入選歌）

問診の医師との応答難聴の我に代はりて妻が務むる

明石町塩瀬の羊羹　父の日に宅急便にて取り寄せし妻

他に恃む者なき妻と知りつつも些細なことにて声を荒げり

節電とふ錦の御旗得し妻は早速クーラーを新型に換ふ

万一の際には俺を燃えるゴミ袋にて出すと嘯ける妻

（以上五首「みやざき文学賞」第三席）

この坂を辿れる頂　野生馬の群れなす都井の岬に至ると

名前のみ知れるが遠き鄙なるを友に誘はれ来たれる出湯

露天風呂浸りつつしみじみ思ふ虚弱児なりしが八十路迎ふと

傷つける獣ら来たり癒したる出で湯は今も滾滾と湧く

病める身の再び来ること覚附かずこれが最後とゆったり浸る

（以上五首「みやざき文学賞」佳作）

「御月様　ここへお出で」と池の面の満月手招きせる子も不惑

（宮崎市民短歌大会　特選　ＵＭＫ賞）

道楽と嗤はれいたるわが歌が入選小さきトロフイ戴く

（同　同　ＵＭＫ賞）

念願の広辞苑六版購へり　給付金カタチに残し置かむと

（若山牧水記念短歌大会　佳作）

あとがき

七、八年前から心臓を患い、二週間おきに検診して薬を貰っているが、或る日今までにない締めつけられるような痛みを感じて医師に診てもらったところ、「かなり弱っている。何時どこでどうなってもおかしくない。」と言われ、大動脈不全、狭心症等が脳梗塞を起こすと一巻の終わりと告げられ、そこまで悪くなっているのか、とかなりショックだった。

八十半ばになって、ぼつぼつ年貢の納め時だとは感じていたが、目の前でそう言われると、やはりよい心地はしなかった。

さて、まず頭に浮かんだのは、下手詠みながら、手許に何千首かある短歌を、余命ある中に整理しておきたい、ということだった。七、八年前『茫たりき』という歌集を出してはいたが、それは「宮日短歌」に採られたものが主で、しかも全三五〇ページにわたる書の中二四〇ページもが、弁護士五島良雄氏との往復書簡だったのだ。つまり小生の作品を五島氏が感想、批評し、小生がその歌が出来た背景や自身の反論を返したもので、両者のやり取りがこの「歌集」とも言えない、中途半端な書物になったのである。

そこで、今回は純粋に歌だけの本物の歌集を編みたいと思い、月刊専門誌「短歌研究」（短歌研究社）に採られた歌を中心に据えることにした。会員数千名、同一テーマで五首連作が決まりになっているので、毎月五千首の投稿がある。うち三、四百首が入選というかなり厳しいものだが、幸い小生は毎月採られている。

この入選作を、余生のあるうちに一冊の歌集にしておこうと思い、夏の終わりごろからパソコンを習って三ヶ月近くかけて漸く原稿が出来た。（前回は選歌・修正・何度かの校正に至るまで、殆ど畏友の清野幸弘氏に任せたのだが）今回は鉱脈社の杉谷昭人先生を煩わせた。先生はご多忙中にも拘らず、製本、カバー、グラビアは勿論、一首一首にまで目を通され、丁寧な助言まで戴いた。極めてささやかな歌集ではあるが、作者冥利に尽きる。

なお、表紙の図案と題字は、『茫たりき』同様、曽我部善弘氏と長谷川正純氏にお願いしたところ、両君とも快く承諾してもらった。持つべきものは友人である。

著者

二〇一五年十二月

[著者略歴]
音洲正隆（おとなぎ　まさたか）

1931年、韓国に生まれる
1955年、宮崎大学学芸学部（現教育文化学部）卒
同年より、高鍋西中、延岡高、妻高、宮崎大宮高、宮崎東高等、県立校に勤務。退職後宮崎女子高（現宮崎学園）に勤務
1998年、同校を退職。現在に至る
2008年、歌集『茫たりき』を五島良雄氏と共著

現住所　〒880-0035
宮崎市下北方町下郷6070-1

歌集　人形浄瑠璃

二〇一六年一月　四　日　印刷
二〇一六年一月二十一日　発行

著　者　音　洲　正　隆©
発行者　川　口　敦　己
発行所　鉱　脈　社
〒八八〇－八五五一
宮崎市田代町二六三番地
電話　〇九八五－二五－一七五八

印刷　有限会社　鉱　脈　社
製本　日宝綜合製本株式会社